SHERLOCK HOLMES

大偵探福爾摩斯

替天行道

替天行道

查理一世的皇冠

盜牛賊

蘇格蘭蓋洛威山區的一條村莊中，一個少年**氣喘吁吁**地直往村長的房子跑去。

看到少年奔至，正在屋外抽煙斗的老村長問：「小彼得，**慌慌張張**的幹嗎？」

「**沃德大叔**，不……不得了！」少年緊張得**口齒不清**，「有……有陌生人把……把……」

「哎呀，你冷靜一下，期期艾艾的，我又怎知道你想說甚麼啊。」

「有陌生人……把……把百多……多頭牛趕上山啊！」

「甚麼？」沃德大驚，「你甚麼時候看到的？往哪個方向？」

「昨天黃昏7點左右在路上看到的，是往……南方鄰郡的方向。」少年有點羞愧地說，「我看對方兇神惡煞的，不敢多問，只好連夜趕回來通報了。」

「豈有此理！又是盜牛賊嗎？」沃德霍地一躍而起，「快通知大家，我們馬上去追！」

十多分鐘後，沃德已和十多名壯漢策騎往少年所說的方向追去。他們連夜**馬不停蹄**地追趕，終於在第二天中午追上了兩個正在趕牛的陌生面孔。

「**喂！你們兩個給我站住！**」沃德大喊。

那兩個人勒停馬匹，訝異地回過頭來。

「**喂！你們在幹甚麼？**」沃德喊問。

「你沒看到嗎？正在趕牛呀！」其中一個**粗聲粗氣**地應道，他的額上有一條**刀疤**，看樣子並非**善男信女**。

「趕牛？那些牛是你們的嗎？」

刀疤男看一看長着一對**熊貓眼**的伙伴，似是猶豫要不要回答。

熊貓眼沉默了兩三秒後，高聲反問：「是又怎樣？不是又怎樣？」

「是的話，你們就是**盜牛賊**！」

「甚麼？」熊貓眼吃了一驚。他的**坐騎**彷彿感受到主人的

驚恐似的，忽然使勁地擺了一下脖子。

「怎樣？說還是不說？那些牛是你們的嗎？」沃德的喊問中充滿了戾氣。

「不是我們的！」熊貓眼選擇了回答。

他的話音剛落，在不遠處的兩個壯漢已「咔嚓」一聲，扳起了步槍的擊錘。

刀疤男見狀大驚，慌忙叫道：「我們只是負責趕牛，是一個男人委託我們把牛趕去鄰郡的。」

「那人是誰？叫甚麼名字？」沃德狠狠地盯着刀疤男問。

「他說自己叫朗奴，沒告訴我們姓甚麼。」

「**長相呢？**」

「長相嗎？身高6呎多，臉孔刮得光光的，騎着一匹黑馬。」刀疤男有點慌張地說，「他說只要把牛羣趕到鄰郡，就給我們**100鎊**。」

「以前有為那人趕過牛嗎？」

「沒有，跟他昨天才在酒吧認識的。」

沃德沉思片刻，然後高聲向同伴們喊問：「大家相信他的說話嗎？」

「哼！鬼才會信！」

「才喝過一次酒，就會把百多頭牛交給你們？」

「騙人也該編個牛

一點的故事吧？」

「呸！居然睜眼說瞎話！你們兩個一定是盜牛賊！」

壯漢們的罵聲四起，同一時間，已迅速策馬把刀疤男和熊貓眼包圍起來。

刀疤男大驚之下，兩腿用力一夾馬腹企圖突圍。但說時遲那時快，「**砰**」的一下槍聲響起，他已被擊中墮地。

砰

此路不通

「這匹馬的毛色很好，看來相當健康呢。」

在馬背上，華生輕輕地摸了摸被**夕陽**照得發亮的**鬃毛**。

「是啊。」福爾摩斯在馬鞍上挪動了一下屁股，挺直身子說，「我這匹也不錯，四蹄踏雪，煞是好看。」

「沒想到困在這個山區足足兩個星期，要到今天才結案呢。」

「是的，本以為幾天內就可解決，誰料到一個證人突然被殺，結果花多了時間搜證。幸好桑德斯先生很慷慨，主動把調查費加倍，否則就太不划算了。」

「但話說回來，要不是案情峰迴路轉，也不會令你這個倫敦來的偵探聲名大噪，成為了這個山區無人不識的英雄呢。」華生笑道。

「英雄嗎？」福爾摩斯有點自嘲似的說，「是英雄的話，人們該夾道歡送才對呀，怎會只借出兩匹馬，就打發我們自己離開呢。」

「哈哈哈，你不是一向喜歡**低調行事**嗎？」華生取笑道，「夾道歡送並不適合你的風格啊。」

兩人在馬上說說笑笑，**不經不覺**之間已走進了一個山谷。然而，當他們走近一條分岔路時，卻看到一個壯漢騎在馬上，守在路口前。華生還注意到，那人把步槍橫架在左臂上，**惡形惡相**地盯着他們。

「看來，那傢伙並不喜歡我們路過呢。」福爾摩斯輕輕地吐了一句，並以不徐不疾的步

速，**氣定神閒**地控制着馬兒往那人走去。華生雖然有點擔心，但也以相同的步速緊隨其後。

當福爾摩斯的坐騎走到那人的不遠處時，那人突然喝道：「**此路不通！**你們繼續往前走！」

「嘿嘿嘿，這條路是你管的嗎？」福爾摩斯冷冷地一笑，然後輕輕地把**韁繩**一拉，讓坐騎改變了方向後，就直朝那人守住的**分岔路**走去。

「喂！沒聽到嗎？我説**此路不通**呀！」那人揚聲警告。

「那邊長了許多**山毛櫸**，煞是好看呢。」福爾摩斯裝作沒聽到對方的警告似的，向華生

說。

「喂！我再說一次，**此路不通**！不想惹麻煩的話，就快走！」那人有點急了，再次發出了**怒吼**。

「麻煩嗎？我對麻煩早已習以為常，一點也不怕惹啊。」福爾摩斯與那人的坐騎擦身而過時，以嘲諷的語氣問，「這是條私家路嗎？就算是私家路也不必持槍把守吧？」

「豈有此理！你找死嗎？」那人一怒之下，「**咔嚓**」一聲，扳起了步槍的擊錘。

華生嚇了一跳，慌忙把馬拉停。

可是，福爾摩斯並沒有理會，一直繼續往前走。同時，他還**若無其事**地回過頭來，向華生說：「你繼續往原路走吧，我待會再與你會合。」

那人被氣得**鐵青着臉**，在無處發洩下，只好向華生喝道：「他既然闖了進來，你也不能走！」説着，他用力地把步槍往後一揚，示意華生跟在福爾摩斯後面。

華生雖然感到**進退兩難**，但在步槍威脅之下，只好按照命令去做。他輕輕地夾了一下馬腹，**小心翼翼**地控制着馬兒，走進了分岔路。

喲嗟……喲嗟……喲嗟……喲嗟……

三匹馬在山路上緩慢地走着，漸漸走進長滿了山毛櫸的樹林中。不一會，馬匹行走的「喲嗟、喲嗟」聲，已變成「沙嚓、沙嚓」的聲響。這時，他們已走進了鋪滿落葉的路段。

華生心想，此路看來是一條**人跡罕至**的山路，否則落葉不會那麼浮浮鬆鬆，就像好久沒有馬匹踐踏過似的。

福爾摩斯騎着馬一直往前走，他並沒回過頭來看。但華生估計，剛才那人的一聲**吆喝**，老搭檔一定知道自己被迫跟在後面。為免刺激那人，華生也沒有回過頭去看。但他從那些「**沙嚓、沙嚓**」的聲響可知，那個壯漢仍緊跟在後面。

「那人為何要守住**分岔路**的路口呢？我們本來不是走這條路的，福爾摩斯又為何要**自找麻煩**，強行走進來呢？難道……他知道前方有事發生？」

華生心中泛起了一個又一個**疑問**。

就在這時，前方傳來了「**鏘鏘**」之聲，接着，又傳來「**啪吵、啪吵**」的聲響。很明顯，那是鋤地的聲音，看來有人在前方挖地，而且不只一個人。

果不其然，再往前走了幾十碼，就看到在山路右方的樹林中，一個人用鋤頭，一個人用鐵鏟，在樹與樹之間的一塊小空地上挖出了一個長方形的坑。不過，看來兩人只挖了不久，坑並不深。

看到那個坑的形狀，華生心中升起了一個不祥的預感——那，不就像一個用來放棺材的墳坑嗎？

三人的坐騎繼續往前走，那兩個人仍全神貫注地挖着，可能是挖地的聲響太吵了吧，連有馬匹經過也沒察覺。再往前走了幾十碼，華生跟着福爾摩斯的坐騎下了坡後，前方傳來了一陣嘈雜的人聲。再走了一會，華生就被眼前的光景嚇得倒抽一口涼氣。

牧牛人

在前方不遠處的平地上，只見八個男人聚在一起。有兩個騎在馬上；有四個分別坐在兩根粗壯的橫木上；一個坐在樹樁上；還有一個則站在馬兒的旁邊。當他們聽到三匹馬接近的聲音時，全部一下子望向這邊來。

不知怎的，華生從他們的表情中感到一股不尋常的煞氣，叫人有點不寒而慄。

坐着的其中一人是個蓄着白鬍子的老頭，他咬着煙斗，一口一口地使勁吐出白煙，惡狠狠地看着朝他們走近的福爾摩斯。另一個原本坐在橫木上的壯漢緩緩地站起來，走到一株

粗壯的山毛櫸旁才停下來。這時，華生才赫然發現，那株樹下坐着兩個被粗繩**捆綁**着的男人，他們的眼神充滿了恐懼，嘴巴更被**布團**塞住，只能發出「**嗚**……**嗚**……」的呻吟聲。他還注意到，其中一個額上有**刀疤**，左肩上還淌着**血**，好像受了槍傷。

福爾摩斯控制着馬兒緩緩地走到一眾大漢的前面時，白鬍子老人也**不慌不忙**地站起來，以粗豪的嗓音喊問：「啊！還以為是誰，原來是福爾摩斯先生，你怎麼來了？」

「你好！我沒記錯的話，你是**沃德大叔**

吧？」說着，福爾摩斯打量了一下其他人，臉帶微笑地繼續道，「還有**葛斯先生**和**阿諾德先生**呢。」

經福爾摩斯這麼一說，華生才認得八個大漢中有幾個很**面善**，他們都是以牧牛為生的**牧民**。在剛完結的莊園主毒殺案中，警方曾錄取過他們的口供。

「你認得我們就好辦了。」沃德大叔繃緊的面容**鬆弛**下來，「我們在這裏有事情要辦，請你**原路折返**吧。」

「請問是甚麼事情呢？」福爾摩斯說着，輕輕地把右腿往後一提，矯捷地從馬上**跳**了下

來。

沃德面色一沉：「看來，你要**多管閒事**呢。」

「嘿嘿嘿……」福爾摩斯冷笑道，「你知道，我的工作是調查罪案，好奇是我的**職業病**，不了解清楚發生了甚麼事，心裏**癢癢的**，很難**不顧而去**啊。」

「**哼！**」沃德使勁地往地上吐了一口**唾沫**，又往那兩個被綁着的人瞥了一

眼，「好吧！你聽着。簡單說來，我們山區的牛已不止一次被盜了，現在已到了**忍無可忍**的地步。所以，必須**嚴懲**盜牛賊，杜絕這種可惡的罪行！誰也休想阻止！」

「原來如此。」福爾摩斯點點頭，「盜竊確實須要**杜絕**，我對此毫無異議。不過，我倒想請教一下，怎樣做才能杜絕呢？」

「**一根繩子**。」

「啊！」華生赫然一驚，心中暗想，「那不就是要執行**絞刑**的意思嗎？剛才那兩人在樹林中挖**墳坑**，原來為的是……」

「一根繩子嗎？」福

爾摩斯淡淡然地問，「這個方法不錯，但我們早有**共識**如何處理**盜竊犯**，看來應該遵守這個共識吧？」

「**共識？**甚麼共識？」沃德問。

「那是我們的先祖經過千百年來的爭論，才令大家一致認同的方法呀。」福爾摩斯説着，環視了一下各人，「要是每個人都**各施各法**，**獨斷獨行**地去處理罪犯的話，只會令社會大亂。所以，我認為大家必須遵守這個共識。」

「還以為你説甚麼，你所謂的共識，是指『**法律**』吧？」沃德以鄙視的語氣問。

「隨你喜歡怎樣叫。總之，大家既然早有共識，就必須遵守，不可肆意妄為。」

沃德咬了咬煙斗，鼻子裏嗤了一聲，說：「你不必多費唇舌了，我們已決定了用自己的方法。」

「是嗎？難道不怕傷害無辜？」

沃德猛地轉身，用煙斗指着那兩個在樹下哆嗦着的盜牛賊說：「無辜？你說他們嗎？」

「我不是說他們。」

「那麼，你是說誰？」

福爾摩斯往沃德身後的萬斯和阿諾德瞟了一眼，說：

「諸位都是這個山區**德高望重**的人，倘若連你們也無視法紀的話，那些**卑鄙無恥**的小人肯定更會**肆無忌憚**地犯法。你沒想到這點嗎？」

「哼！我們是**替天行道**，是主持正義！怎可與卑鄙小人相提並論！」

「嘿嘿嘿，當然，你們可以用這些**堂而皇之**的理由為自己開脫。但是，那些**卑鄙小人**一樣可以用相同的理由為自己開脫啊。你説是嗎？」

沃德沒有回答，只是狠狠地盯着福爾摩斯。

「這樣的話，由法律維持的秩序就會**崩潰**，依靠法治保護的**無辜弱者**就難以安全地生活下去了。」

華生沒想到，福爾摩斯會用這個角度來解釋守法精神，聽起來好像**拐彎抹角**似的，卻又有**鞭辟入裏**的效果。不過，看那些大漢仍然**殺氣騰騰**似的，就知道這番說話對他們完全無效。

「福爾摩斯先生，我們沒心情跟你大發議論。」沃德悻悻然地說，「有人企圖把我們放牧的牛趕到鄰郡去，他們為達目的**不擇手段**！為了保護生命財產，只能把他們綁起來吊死！沒錯，這是**犯法**的，你害怕犯法的話，就給我馬上滾！」

華生知道，這些牧民在大自然中與天鬥與地鬥，全都鍛煉出過人的膽色和**堅韌不拔**的意志，老搭檔僅憑**三言兩語**是不能說服他們的。可是，他怎麼也沒想到，老搭檔的回應竟是——

「好呀，要是你們執意要犯法的話，我也不好意思**袖手旁觀**，不如我也來陪你們一起犯法吧。」

沃德一怔，在沉思片刻後，懷疑地看着福爾摩斯說：「隨你喜歡，但千萬不要**耍花樣**啊！記住，你留下來就是**從犯**，承受的結果會跟我們一樣！」

「正合我意。」大偵探**咧嘴一笑**，「不過，我既

然是從犯，就要對我**公平**一點。」

「甚麼意思？」

「不是嗎？你們掌握了盜牛賊**犯案的證據**，也確信他們犯了法。可是，我對案情卻**一無所知**，很難判定他們的罪行啊。」

「想知道案情嗎？告訴你也無妨。」沃德吐了一口**煙**說，「這一年來發生了幾宗嚴重的盜牛案，我們就定下了**規矩**，凡是看到陌生人在這個山區趕牛，就必須馬上向村裏通報。」說着，他把昨天接報後追捕兩個盜牛賊的經過**一五一十**地道出。

聽完沃德的解釋後，福爾摩斯沉思片刻，問道：「盜牛雖是重罪，但也罪不至死。為何要處以極刑呢？」

「哼！」沃德憤怒地說，「他們不但盜牛，還殺了人！這是謀財害命，當然要處以極刑！」

「啊！」華生暗地一驚，終於明白一眾牧民要行私刑的道理了。

然而，福爾摩斯卻冷靜地問：「他們有甚麼説法？」

「當然矢口否認，難道會説自己殺了人嗎？」沃德説着，指一指坐在樹樁上的壯漢道，「阿鮑是我們的證人，他知道真相。」

「啊？有目擊證人？」福爾摩斯有點詫異。

「阿鮑，把真相告訴我們的偵探先生吧。」

沃德喊道。

那個**阿鮑**慌忙站了起來，他看了看福爾摩斯，遲疑地**搓了搓手**說：「是這樣的，我為了買幾頭牛，昨天黃昏去**丹尼爾・庫普曼**老先生家，想他帶我去牧場挑選一下。當走到他家附近的山腰時，卻看到遠處的山脊上有**一個人**，他一邊看着山下的牧場一邊急急策馬離開。由於距離太遠，我沒看清楚他的樣貌，只看到他的外衣是**橙黃色**的。我不以為意，就往山下走去……」

目擊證人

「**庫普曼先生！我來了！**」我走到房子前，向半開着的門口喊道。可是，屋內並沒有人回應，看樣子是沒有人在家。

「唔？難道剛才**那個男人**也是來看牛的？

庫普曼先生讓他看完牛後，仍在牧場那邊？」我想到這裏，就走到牧場去看。可是，牧場空空如也，不但庫普曼先生不在，連牛也不見一頭。

為了等待老先生回來，我又折返房子。可是，當我在門廊的椅子上坐下來時，卻注意到門口附近的地板濕了。

「咦？剛洗擦過地板嗎？但為何只洗那麼一小塊呢？」我感到疑惑，於是走過去細看。可是，當我看完地板抬起頭來時，卻發現門框上有一處碎裂了。再定睛細看之下，卻赫然發現那是一個彈孔！

「**不得了！**」我驚叫的同一剎那，心裏閃過一個不祥的預感——難道……有山賊來搶掠，開槍殺死了庫普曼老先生？那塊未乾的地板……是**洗擦血跡**後留下的水跡？

我想到這裏，心裏雖然感到害怕，但也只好壯着膽子，**戰戰兢兢**地走進屋子裏看個究竟。

然而，客廳內並沒有人，擺放的東西也**整整齊齊**的，沒有遭受搶掠的痕跡。於是，我再往屋內走，走到卧室門前時，聽到裏面傳來「**嘰**」的一下聲響。我心裏雖然有點害怕，但為了確認庫普曼老先生的安危，也只好硬着頭皮悄悄地推開房門。可是，當我一踏進室內，眼尾卻突然看到一個**人影**一閃，嚇得我慌忙退後！

然而，我定睛一看，才發現原來是一面**鏡子**，那個人影只不過是我映照在鏡中的身影。剛才那一下「**嘰**」，看來是被吹開了的窗户發出來的聲響。我鬆了一口氣後，就到一樓的房間去看了看，確認並沒有人。

於是，我走到後院去看。這時，我看到有兩道**車轍**由院子一直延伸到外面的道路去。我

想了想，就沿着車轍往前走，但只是走了十來步，就發現一個懷錶掉在地上。我撿起它看了看，看到它的背面刻着一個熟悉的名字。

「啊！這是老先生的懷錶！」我又吃了一驚，隨手把懷錶塞進口袋中，再沿着車轍走到院子外，發現車轍一直延伸到道路的盡頭。不僅如此，路上還滿佈牛羣走過的痕跡。

這時，天色已暗下來。我再想了想，感到自己有點兒過慮了。如果是山賊來襲的話，屋內肯定已被翻得亂七八糟，老先生不是被綁起來就是被打死。但是，屋內和屋外都沒有老先生的屍體。地上的**水跡**雖然可疑，但可能只是打翻了水杯後留下的。對了，門框上的**彈孔**也沒甚麼好稀奇的，一定是一早就有的。

「看來，庫普曼老先生是乘馬車趕牛去了。明天一早再去追吧。」我想到這裏，就走到馬廄去，騎上**老先生的馬**回家了。

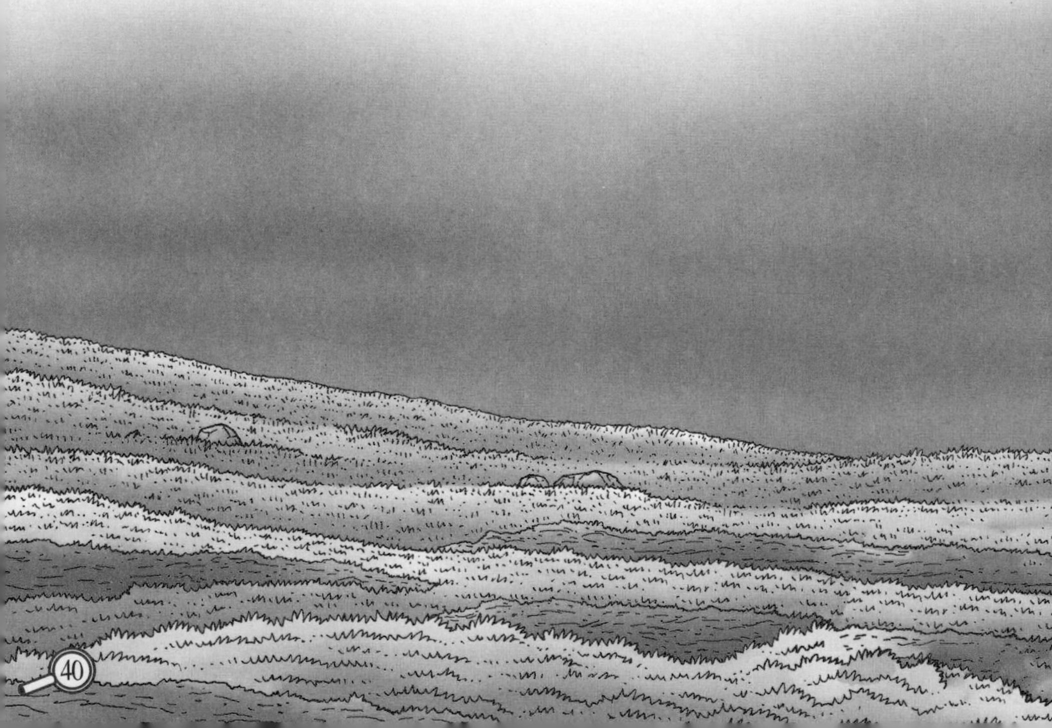

間接證據

「今天一早，我沿着牛羣的**蹄印**一直追，希望可以追到**老先生**。因為，我必須向他買幾頭牛，否則就趕不及轉手賣給已約好的買家了。」阿鮑憶述，「後來，在路上遇到了**沃德大叔**

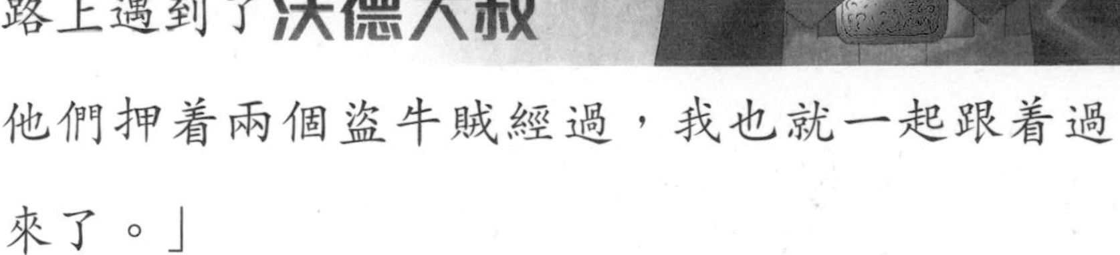

他們押着兩個盜牛賊經過，我也就一起跟着過來了。」

「**原來如此……**」福爾摩斯沉思片刻，

向沃德問道，「那兩個盜牛賊對阿鮑的證詞有何說法？」

「哼，我怎會告訴他們！他們是犯人，沒資格！」沃德對大偵探的問題嗤之以鼻。

福爾摩斯拿這個頑固的大叔沒辦法，只好轉移目標，向阿鮑問道：「你認識那兩個傢伙嗎？」

「我嗎？不認識啊。」

「你認為他們是盜牛賊嗎？」

「他們趕的牛是庫普曼老先生的，這是人贓並獲呀！」

「是嗎？」福爾摩斯想了想，「你剛才說在庫普曼先生的院子內外都看到車轍，如果他們殺了庫普曼先生的話，得處理屍體和那輛馬車吧？」

「這個——」

「早已查過了！」沃德大叔按捺不住搶道，「逮住了那兩個傢伙後，我們跟着牛羣的蹄印往回走，一直去到山谷的河邊，沿途並沒有發現車轍。就算有，給牛羣踏過後也不會留下任何痕跡吧。不過，在河的對岸，卻在亂雜的蹄印旁邊找到了馬車開過的痕跡。」

「之後呢？」福爾摩斯問。

「哼！還用說嗎？當然是順着車轍的方向

追蹤啦！只是走了一哩多，就在河邊的**石灘**上，發現有被火燒過的痕跡。」

「你是指紮營後留下的**篝火灰燼**嗎？」

「嘿！哪有這麼簡單。」沃德眼底閃過一下寒光，「紮營留下的篝火痕跡最多只有幾呎大小，但我們發現的卻足有**十多呎長**！」

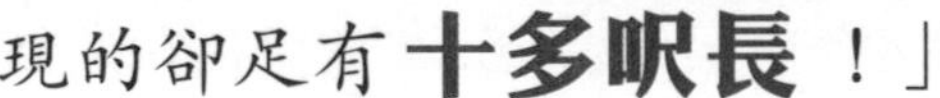

華生暗地一驚。如果這是真的，肯定是有人在石灘上**焚燒**了一件**龐然大物**。不用說，燒的就是那輛失去蹤影的**馬車**！

「那麼，找到了**馬車的殘骸**嗎？」福爾摩斯問。

「沒找到。石灘已被清理乾淨了，只留下了一些**木炭的碎片**和**灰燼**。」沃德一頓，向那兩個盜牛賊瞅了一眼後繼續說，「他們也不笨，懂得在河灘上把馬車燒掉，以便**毀屍滅跡**。於是，我們在河中打撈了一下，結果撈到一些馬車用的**鐵鑄零件**、一個**皮帶釦**、幾顆**鐵紐釦**和一些被燒剩的**木條**。」

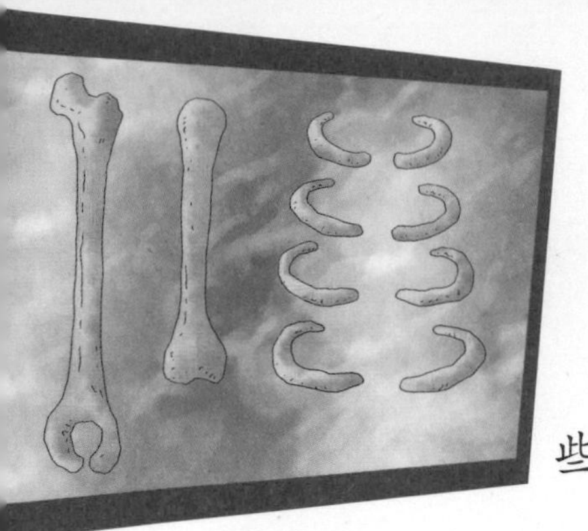

「啊？」

「更嚇人的是，還有一些**殘缺不全**的**人骨**！」

「甚麼？」福爾摩斯不禁赫然。

「很明顯，兩個盜牛賊殺死庫普曼先生後，在石灘上**毀屍滅跡**，放了一把火連屍體和馬車一起**燒**了。」沃德說，「他們紮營度過一晚後繼續趕牛，準備把牛羣趕到鄰郡賣掉。」

「這麼說來，他們說甚麼受一個叫**朗奴**的人所託趕牛，只是**無中生有**的謊話？」福爾摩斯問。

「還用問嗎？」沃德悻悻然道，「他們被我們當場抓住，為了洗脫嫌疑，只好胡亂編個故事來騙人！根本就沒有朗奴這個人，**殺人放火**和**毀屍滅跡**都是他們兩個人幹的！」

「但是，你所說的只是根據**環境證供**而作出的推論而已，一點實質證據也沒有啊。」

「**呸！**」沃德又使勁地吐了一口唾沫，「在刀疤男身上找到庫普曼先生的**皮夾子**，也只是環境證供嗎？」

「**皮夾子？**」

「沒錯！當中除了有**50鎊**外，在暗格內還夾着一張**繳稅的收據**，上面寫着庫普曼先生的名字！」

「兩個盜牛賊對這個皮夾子有何說法？」

「哼！還能說甚麼？當然又編一個故事啦，說甚麼皮夾子是朗奴給的，那50鎊是趕牛的預付金。」

聽罷，福爾摩斯無言地皺起眉頭。

「怎樣？倫敦大偵探，這還不算證據確鑿嗎？」沃德嘲諷道，「他們當時在趕庫普曼先生的牛，身上又有庫普曼先生的皮夾子，還能冤枉他們嗎？」

皮夾子
≠
刀疤男和熊貓眼殺人

福爾摩斯往兩個盜牛賊瞄了一眼，然後從容不迫地說：「皮夾子確實很重要，不過，那只是間接證據，並不能證明他們兩人殺死了庫普曼先生。」

「甚麼？這麼明顯的證物也是間接證

據？」沃德給氣得雙頰漲紅。

「請稍安毋躁，且聽我道來。其實，以環境證供或間接證據來舉證，會受到一開始時的思路影響。這個思路就像一個路標，當你對它深信不疑的話，就會一直按它指示的方向前行，最終卻可能去錯了地方。」福爾摩斯説着，列舉出已知的環境證供與間接證據和它們能證明甚麼。

環境證供/ 間接證據	證明的事實
①庫普曼的牛羣	→牛羣是屬於庫普曼的
②河灘的篝火碎片和灰燼	→有人在河灘上燒了一件龐然大物
③從河床撈得的鐵鑄零件、皮帶釦、鐵紐釦、燒剩的木條和人骨	→有人焚燒馬車和人的屍體後，把殘餘丟進河中
④皮夾子（內有庫普曼的繳稅收據）	→刀疤男身上的皮夾子是屬於庫普曼的

「明白了吧？」福爾摩斯繼續說道，「所有證據都證明了**一些事實**，卻沒有一項能證明刀疤男和熊貓眼**殺**了庫普曼老先生。不過，由於兩人趕着的**牛**確是屬於老先生的，一開始就受到你們的懷疑，再加上那個**皮夾子**，你們就把**證據②**和**③**都算到他們頭上了。」

「那有甚麼問題？這正好證明我們走對了路，而且，只有這條路行得通呀！」沃德**理直氣壯**地說。

「是嗎？假設**時光倒流**，你們相信了刀疤男和熊貓眼的說話。那麼，**路標**就會指向另一

條路，驅使你們去追蹤那個名叫**朗奴**的人。」

福爾摩斯説到這裏，往**阿鮑**瞟了一眼，「不過，追到半路中途，你們找到的卻是阿鮑，他還騎着**老先生的愛駒**，身上又有**老先生的懷錶**！更重要的是，他右腳的鞋頭上還沾着一些**血**，你們沒看到嗎？」

「啊！」阿鮑臉色倏地煞白，慌忙看了看自己的**鞋頭**。

「諸位，在這個**新思路**下，請問你們會聯想到甚麼呢？」大偵探冷冷地問。

沃德默然不語，但眼底已閃過一下寒光。同一瞬間，所有人的視線都集中在阿鮑身上，一股殺氣直往他襲去。

「不……不是我！」阿鮑被嚇得退後了兩步。

「諸位既然不説，就讓我來説吧。」福爾摩斯突然揚聲道，「你們的思路必定會變成——兇手為避嫌疑，僱了兩個外地人趕牛，自

己則走另一條路跟隨。所以，那個兇手必定就是——」

「**就是他！**」沃德大叔指着阿鮑喝道。

這一下叫聲就像**發號施令**那樣，幾個**怒不可遏**的牧牛人已迅速圍住了阿鮑。

「不……不是我……」阿鮑**踉踉蹌蹌**地再退後了兩步。

「把他綁起來！」沃德下令。

「且慢！」福爾摩斯舉手一揚，「要證明他是**元兇**的話，該讓那兩位被綁着的仁兄與他**對質**一下才對呀。」

沃德想了想，往旁說了聲：「**去！**」

一個牧牛人馬上走到刀疤男和熊貓眼跟前，

把塞住他們嘴巴的布團拔掉。

「**說！你們認識他嗎？**」沃德喝問。

刀疤男驚恐地看了看阿鮑，又看了看沃德，不知如何是好。

「**我問你們！認識還是不認識？**」

刀疤男「**咕嚕**」一聲吞了一口口水，喉頭終於擠出了乾巴巴的聲音：「認……認識。」

聽到同伴這麼說，熊貓眼慌忙叫道：「我認得他，**他就是朗奴！**」

「別含血噴人！」阿鮑更慌了，「混蛋！我根本不認識你們！」

「他就是朗奴，是他僱我們趕牛的！」熊貓眼再叫道。

「對，皮夾子是他給我的！」刀疤男說，「我們不知道那些牛是他偷來的！」

「不！別聽他們亂說！我沒有偷牛！我是無辜的！」

「把他綁起來！」沃德下令。

「不！我是冤枉的！你們怎可聽他們的片面之詞？」阿鮑被嚇得兩腿發軟，「咚」的一聲跌坐在地上。

「綁！」在沃德的怒吼中，兩個牧牛人已衝前抓住了阿鮑的肩膀。

「哇哈哈哈！」突然，福爾摩斯莫名其妙地大笑起來。

眾人被突如其來的笑聲嚇了一跳，紛紛望向大偵探。

「你笑甚麼？」沃德訝異。

「哈哈哈！我笑甚麼？當然是笑你們變臉的速度啦！剛剛才把阿鮑視為證人，馬上又把他當作犯人，簡直兒戲！」

「你！你想說甚麼？」沃德怒問，「你不是指

控阿鮑就是**兇手**嗎？」

「嘿嘿嘿，我只是將**路標**移一移，把你們的思路引導去**另一個方向**罷了。」福爾摩斯狡黠地一笑，「但請你們細心想想，老先生的**懷錶**和**馬匹**不也只是**間接證據**嗎？單憑這兩樣東西又怎可以證明阿鮑就是兇手呢？」

「啊……」沃德啞然。

與沃德的反應一樣，華生也呆住了。他沒想到福爾摩斯在**有理說不清**之下，竟然想出了這麼一個**小詭計**，一下子就令沃德等人清醒過來了。

福爾摩斯環視了一下**呆若木雞**的一眾牧牛人，**氣定神閒**地說：「明白了吧？環境證供和間接證據多麼不可靠。所以，如此輕率地去向疑犯執行**私刑**的話，不但會犯下嚴重錯誤，甚至會**錯殺無辜**啊！」

「那……那怎麼辦？」沃德問。

「很簡單，以先祖定下來的共識——法律——去辦就行了。」福爾摩斯說，「他們三人都各有嫌疑，把他們押去警察局仔細審問，並讓警方從庫普曼先生的**家**開始調查，再到燒掉馬車的**河灘**和**河床**徹底地搜查一次，相信必會**水落石出**。」

「明白了。」沃德點點頭。華生看得出來，這個威勢十足的老人已被老搭檔說得**心悅誠服**了。

冠冕堂皇的理由

在福爾摩斯的協助下，山區警察只花了兩天時間就查出了真相。

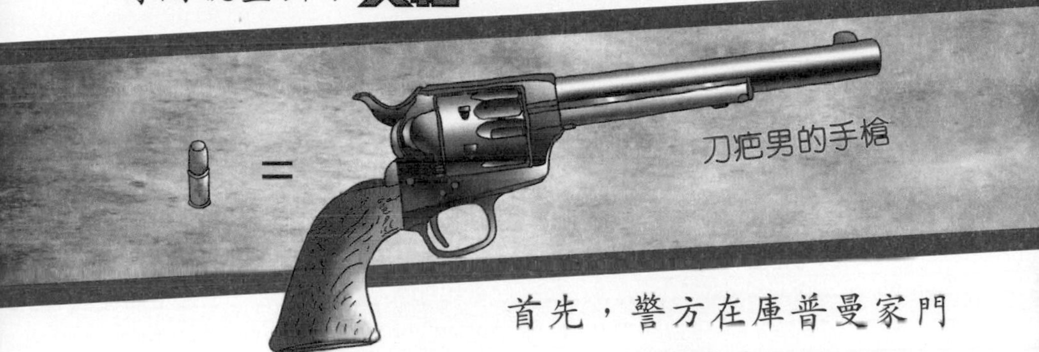

首先，警方在庫普曼家門框上的彈孔中，挖出了一枚子彈，經過彈紋驗證後，證實出自刀疤男的手槍。

在鐵證如山下，刀疤男和熊貓眼承認為了盜牛，確實曾襲擊庫普曼老先生，並說只是迎頭一棍就把他擊暈了。之後，又順手搶走了他的皮夾子。不過，這些都是在朗奴的指示下進行的。

其後，他們兩個負責趕牛，**朗奴**則駕駛老先生的馬車走另一條路離開，並約好中途在河灘會合。可是，當到達河灘後，刀疤男兩人與朗奴為了酬金問題**發生爭執**，一怒之下就把他殺了。

為了**毀屍滅跡**，兩人連人帶車燒毀，並把燒剩的殘餘扔到河中。

「沃德大叔他們找到的**人骨**，應是**朗奴的骸骨**。」

最後，刀疤男**垂頭喪氣**地招供，「我們指證阿鮑是朗奴，只是想**順水推舟**，把罪名推到他的身上。其實，我們並不認識他。」

那麼，庫普曼老先生的屍體又去了哪裏呢？

在沃德大叔的**獵犬**幫助下，只花了個多小時，就在牧場不遠的樹林中找到了老先生被埋的屍體。華生發現，他的**前額**有傷，似曾受重擊，與刀疤男兩人的自白**吻合**。不過，致命傷卻是**頸骨折斷**。由於在埋屍處找到了阿鮑留下的**鞋印**，他只好對自己犯下的罪行一一招認。

原來，三個盜牛賊離開老先生的牧場後，恰巧阿鮑到訪。他看到老先生倒卧於門前，門框上又有個彈孔，更發現牧場內空無一牛，就知道出事了。不過，**利慾熏心**的他並沒有去救人，反而走進屋中搜掠，企圖**順手牽羊**。

可是，除了在卧室中找到一個**懷錶**外，並無發現值錢的東西。當他正想離開時，沒料到老先生卻剛好甦醒了。

「他抓住我的小腿，我情急之下，就用力一踢……卻沒想到……踢中了他的頸骨……鞋頭上的血，可能就是那個時候染上的吧……」阿鮑吞吞吐吐地說，「我本來只是想順手牽羊，沒想到卻弄出了人命……老先生平時對我很好，我怕野狼聞到血腥跑來吃他的屍體，就把他搬到樹林中埋了。」

「是嗎？」福爾摩斯以懷疑的語氣問，「你在第二天碰到沃德大叔他們，看來不是偶然。其實，你是為了追趕盜牛賊吧？為甚麼呢？」

「我……」阿鮑聲帶哽咽地說，「我回家後愈想愈氣，要不是盜牛賊打暈了老先生，我就不會**錯手殺人**。一切都是盜牛賊害的！為了消這口氣，我要追殺他們，為老先生**報仇**！」

「嘿嘿嘿，沒想到你死到臨頭，還要**恬不知恥**地說謊呢。」福爾摩斯冷冷地說，「你追盜牛賊不是為老先生報仇，而是想**橫搶硬奪**，從盜牛賊手中搶走那百多頭牛吧？」

「啊……！」阿鮑像被看穿了一切似的，驚恐地抬起頭來看着我們的大偵探。

未待法庭把阿鮑和兩個盜牛賊定罪，福爾摩斯和華生已騎着馬上路了。

「福爾摩斯，你只是**略施小計**，就改變了那幫牧牛人的**守法意識**，真厲害。」華生摸了摸馬首上的鬃毛，佩服地説。

「嘿嘿嘿，要人**心服口服**地明白自己的錯誤很簡單，讓他們去犯錯就行了。」福爾摩斯笑道，「他們看到**無視法紀**所帶來的後果後，就會意識到自己犯法的理由站不住腳了。」

「是的，無視法紀總有千百個**冠冕堂皇**的理由，只要不被這些理由**迷惑**，就會明白守法的重要了。」

「所以，聽起來愈是**冠冕堂皇**的理由，我們就愈要小心呢。」

「話說回來，這起案子有一個地方很有趣呢。」

「甚麼地方？」

「那就是，**謊言**中往往含有**真實**。刀疤男、熊貓眼和阿鮑最初的證言中，都說出了一些真實，讓人聽來倍感**說服力**呢。」

「因為，具說服力的謊言都需要真實去包裝呀。不過，我們只須從謊言中找出**虛構的部分**，就能接近**真相**了。你記得嗎？阿鮑說去到庫普曼家附近的山腰時，看到遠處的山脊上有**一個人**，那人一邊看着山下的牧場一邊急急策馬離開。而且，他還看到那人的外衣是**橙黃色**的。當我看到他的眼神和聽到他說這段證詞時，就知道哪些是**真實**，哪些是**謊言**了。」

「真的？」華生問，「不是全都是謊言嗎？」

「不，那個策馬離開的人是**假**的，但他穿的橙黃色外衣倒是**真**的。」

「人是假的話，他穿的外衣又怎會是真的呢？」華生不明所以。

福爾摩斯指一指自己的**領子**，狡黠地一笑：

「嘿嘿嘿，你沒看到嗎？我這件外衣是**橙黃色**的呀。」

華生想了想，不禁驚叫一聲，終於**恍然大悟**。

各位讀者：

看到這裏，你也像華生那樣恍然大悟嗎？

為何我說「那個策馬離開的人是假的，但他穿的橙黃色外衣倒是真的」呢？請動動腦筋想想看。

人體小知識

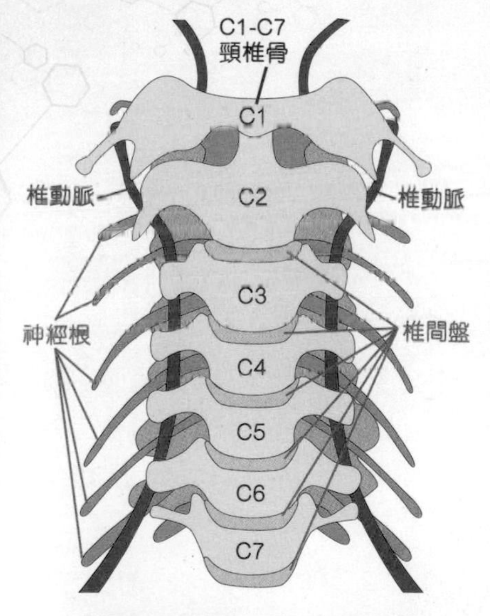

【頸椎】

頸椎由7塊頸椎骨組成，頸椎骨與頸椎骨之間有6塊椎間盤（如圖），它主要有三大作用，分別是：

①支撐頭部——頭部約佔人的體重的十分之一，如體重60公斤，頭部就約重6公斤。頸椎連同四周的肌肉，必須能支撐起6公斤的重量。

②保護椎動脈、椎靜脈和交感神經——由於頸椎接近頭部，是椎動脈、椎靜脈和複雜的交感神經必經之路，保護它們非常重要。

③活動——為了日常生活和生存需要（如向後望是否有敵人），頸椎可轉動幅度達到90度，比腰的轉動幅度要大。所以，頸椎必須能作上下左右的多角度活動。

因此，保持正確坐姿和閱讀姿勢，對保護頸椎非常重要，千萬不要長時間低頭看手機啊！

查理一世的皇冠

地洞的男人

「嗨！你呆在哪裏呀？快過來幫忙呀！」站在地洞下的男人抬起頭來高聲嚷道。

那是一個正方形的地洞，有一根**木頭**撐着半開着的**石蓋子**。洞口旁邊有一盞油燈，在它那微弱的光線照射下，可讓人看到洞深約8呎，洞內非常狹窄，只容得下一個人站立。

剛才喊話的男人看來50多歲，他穿着一件白襯衫，兩隻手袖都捲到肘子上，一副正要**幹重活**的模樣。

在他的叫喚下，一個女人〈戰戰兢兢〉地走近洞口，蹲下來往洞內看去，她看到男人的腳下有一個打開了的鐵箱，箱中還有一個麻布袋。

那男人粗暴地說：「放聰明點好嗎？不要總是〈笨頭笨腦〉、慢手慢腳的。」

「布倫頓，對不起。」女人說。

「算了，罵你也不會令你變得更聰明。」叫布倫頓的男人把麻布袋提起，舉到洞口邊說，「這就是我要找的寶藏，你好好接着。」

「知道。」女人慌忙接過麻布袋，然後退後了一步。

「把繩子放下來吧，我現在就上來。」布倫頓命令。

可是，那女人呆站着，並沒有反應。

「怎麼了？沒聽到嗎？叫你把繩子放下來呀！」布倫頓**斥罵**。

「放繩子嗎？嘿嘿嘿……」突然，女人發出一陣叫人**不寒而慄**的冷笑。

「怎麼了？」布倫頓察覺女人的神情有異，有點慌張地問。

「嘿嘿嘿……」女人冷冷地笑道，「我受夠了，我不想再被你**羞辱**了。」

「甚麼……？啊！對不起，我剛才太過焦

急了，語氣是重了點，但不是有心罵你啊。」布倫頓霎時**臉色刷白**，說話的語氣也緩和下來，「你把繩子放下來吧。我們不是說好了嗎？找到寶藏後，就一起**遠走高飛**，從此**無憂無慮**地生活呀。」

「嘿嘿嘿……遠走高飛？無憂無慮地生活？」説着，女人那冰冷的笑容突然從臉上消失，「你以為我還會相信你的**甜言蜜語**嗎？你以為我不知道你已移情別戀嗎？」

「不……你聽我說，那是誤會，我只愛你一個……我發誓，你在我心中是最特別的，

是永遠放在第一位的。拜託，請你把繩子放下來吧。」布倫頓苦苦哀求。

「布倫頓，很感謝你曾經為我帶來希望和歡樂。不過，我不能原諒背叛我的男人。請你寬恕我，再見。」女人退後了一步。

「不！不要——」布倫頓慌了，馬上用力地跳起來，企圖抓住洞邊攀上來。可是，他卻抓住了支撐着石蓋子的那根木頭！

「咔嚓」一聲響起，木頭已被他拉脫了！接着

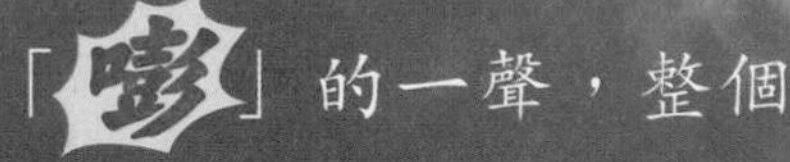

「嘭」的一聲，整個石蓋子墮下，牢牢地封住了洞口。

女人看來沒想到蓋子會突然關上，她被嚇得

不知如何是好。「救命呀、救命呀」一陣微弱的呼叫聲從地洞中傳來。她驀然一驚，馬上撲到蓋子上，抓起繫在鐵環上的圍巾，拚命地用力拉，企圖把蓋子拉起來。

可是，石蓋子實在太沉重了，她雖然出盡了九牛二虎之力，卻也沒法動它分毫。她立即站起來，正想轉身跑去找人幫忙時，蓋子下傳來的微弱叫聲，卻把她叫住了——

「可惡！你這個可惡的女人！快叫人來救我呀！」

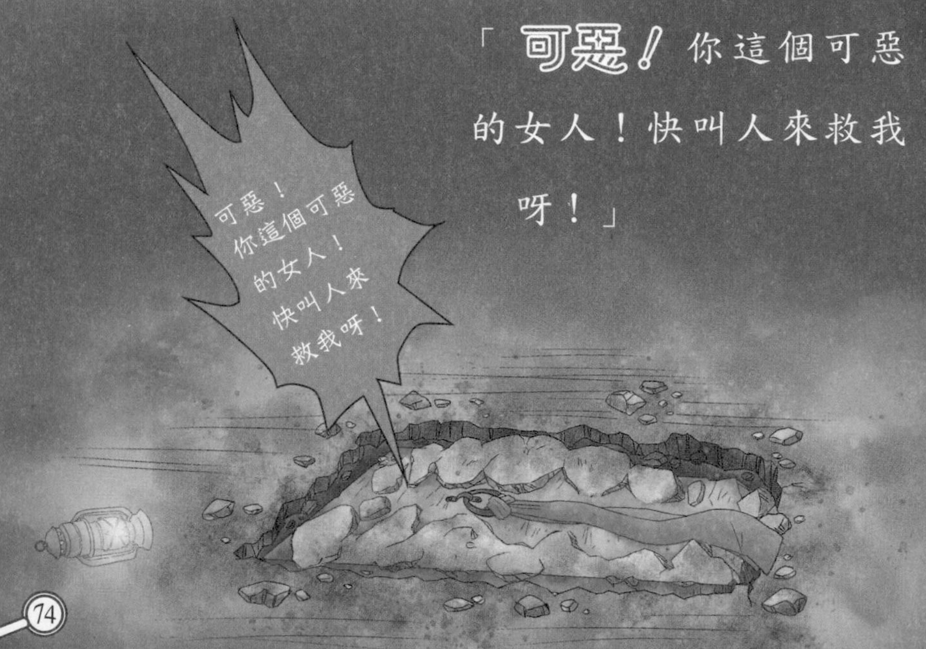

牆上的彈孔

砰 砰 砰 砰

「砰、砰」兩下響聲把正在房中睡午覺的華生吵醒，他坐起來揉了揉眼睛，呆了一下。這時，又響起了「砰、砰」兩聲。

「啊！這不是槍聲嗎？難道是**M博士**來襲？」華生**迷迷糊糊**的腦袋終於被槍聲轟醒了。他被嚇得馬上跳下床，一把抓起放在桌上的手槍，**連奔帶跑**地衝出房門，赤着腳就往樓下福爾摩斯的房間奔去。

「福爾摩斯！是不是M博士——」華生衝進房內，還未說完已看到老搭檔拿着槍坐在沙發上發呆。

「M博士？為甚麼這樣問？」福爾摩斯無精打采地反問。

「不是M博士的話，你拿着槍幹甚麼？剛才我聽到槍聲呀。」

「難道M博士來了才能開槍嗎？」

「那麼，你為甚麼開槍？」

「打蟑螂呀。」

「甚麼？」華生不敢相信自己的耳朵。

「有一隻蟑螂在牆上走過，我向牠開了四

槍。」福爾摩斯往牆壁指了一下，若無其事地說。

「你！你……你是不是瘋了？」華生氣得漲紅了臉，「殺雞焉用牛刀，打蟑螂又何須出動手槍？」

「打蟑螂為甚麼不能用手槍？蟑螂跑得比我開槍還要快，我一槍也沒打中呢。」福爾摩斯擺了擺手中的槍說，「而且，順便也可以練習一下槍法嘛。唔……居然一槍也不中，證明我的槍法已有點生疏了。」

「可是，這裏是你的房間呀！你怎可以在房間裏隨便開槍，會嚇壞左鄰右里呀！」

「啊，這個你不用擔心，我已關好了門窗，外邊就算聽到，聲響也不會太大。」

「你！」華生無言以對。他知道，老搭檔

最近生意淡薄，整個月**門可羅雀**，一個顧客也沒有，他一定是悶得發慌，才會有點失常了。

福爾摩斯指着牆上的四個彈孔**嘖嘖稱奇**：「你看，那隻蟑螂真會逃，竟然在牆壁上繞圈，那四槍打成一個**正方形**呢。」

華生看去，果然，四個彈孔分佈得非常工整，只要用線連起來，就會變成一個正方形了。

「既然這樣……」福爾摩斯眼底閃過一下寒光，「**就再補一槍吧！**」他話音剛落，又「**砰**」的一槍打到牆上。

「**哇呀！**」華生被嚇得幾乎倒在地上。

福爾摩斯狡黠地一笑：「嘿嘿嘿，補上這一槍就更完美了。」

「瘋子！甚麼更完美呀！你想嚇死我嗎？」

「你沒看到嗎？這一槍打在正方形的中心啊。」

「中心又怎樣？你這個神槍手還用在我面前表演槍法嗎？」

「哎呀，你的想像力實在太差了，不知道我這一槍的用意嗎？是你剛才提醒我的啊。*」福爾摩斯沒好氣地說。

「甚麼想像力？我提醒你，不要把話題岔

*各位讀者：大家知道福爾摩斯補上這一槍的用意嗎？請運用一下你的想像力，猜猜吧。提示：橫看直看倒轉看都一樣。答案在第84頁。

開，總之亂開槍就不對！」華生罵道，「悶得發慌的話，就收拾一下你這個**亂七八糟**的房間吧！」

「好了、好了，收拾就收拾吧。」福爾摩斯**勉為其難**地應道。

就在這時，大門「**砰**」的一下被踢開了，小兔子衝了進來，叫道：「**不得了！不得了！**有消息呀！」

「傻瓜！想嚇死人嗎？」福爾摩斯罵道，「你怎麼每次都不敲門就闖進來？」

「哎呀，福爾摩斯先生，事態危急嘛，怎顧得那些**繁文縟節**。」小兔子一頓，湊到大偵探耳邊說，「有一封**急件**，是送給你的。」

「急件？甚麼急件？」華生好奇地問。

「那就是——」小兔子揚一揚手中的信，**煞有介事**地說，「**M博士的來信！**」

「甚麼？」福爾摩斯往牆上的**彈孔**瞥了一眼，「沒想到想起曹操，曹操就到！」

「這封信是誰交給你的？」華生緊張地問。

「對，誰交給你的？」福爾摩斯說，「快把信拿來。」

小兔子「**嗖**」一聲，把信藏到身後，然後伸出另一隻手說：「打賞呢？」

「甚麼？**事態危急**還要拿打賞？你是否太過分了？」福爾摩斯罵道。

「我**公私分明**嘛，危急也不能沒打賞呀。」小兔子把手掌再伸前，動了動指頭催促。

「居然**乘人之危**，我總有一天會教訓你這個小屁孩！」福爾摩斯轉過頭去向華生說，「給他打賞吧。」

「我？為甚麼你自己不打賞？」華生問。

「我沒零錢嘛。」

「你們兩個總是佔我便宜，太不公平了。」華生嘀嘀咕咕，從口袋中掏出了幾個仙令。小兔子未等華生遞過來，已衝前**奪**過零錢，同時把信往空中一**拋**，再來個急轉身，像一陣風似的**溜**走了。

福爾摩斯連忙往空中一抓，把信接住了。他看了一眼信封，卻大笑起來。

「怎麼了？」華生問。

「哈哈哈，華生，你受騙了。」福爾摩斯

幸災樂禍地笑道，「這不是甚麼M博士的信，其實是我的同學雷金寄來的。」

「甚麼？」華生幾乎氣極卒倒。不用說，這是小兔子為了騙取打賞而耍弄的小聰明。

福爾摩斯打開信看了一下，就興奮地說：「太好了，終於有生意了！老同學說他家的管家兩天前離奇失蹤，叫我去幫忙尋人呢。華生，你知道嗎？這位老同學的老祖宗曾是查理一世的重臣，可以想像他的家族多麼富有吧。」

華生斜眼看着福爾摩斯，冷冷地問：「富有又怎樣？他是你的老同學，難道你還會向他收錢嗎？」

「為甚麼不收錢？」福爾摩斯理所當然地說，「小兔子不是說了嗎？做事要公私分明呀。何況雷金他**腰纏萬貫**，錢多得可以用來鋪地板，我不但要收錢，還要狠狠地**敲**他一筆呢！」

「算了，難怪你跟小兔子如此**臭味相投**，原來對錢財也同等見識。」華生沒好氣地說，「不過總比你**無所事事**好，起碼不用擔心你把牆壁射得**千瘡百孔**。」

彈孔的含意

第79頁的答案如下：由於提示是「橫看直看倒轉看都一樣」，加上華生之前誤會M博士來了，所以答案是「M」字。因為，只要運用想像力把5個彈孔連起來，就可以形成橫看直看倒轉看都一樣的「M」字了。

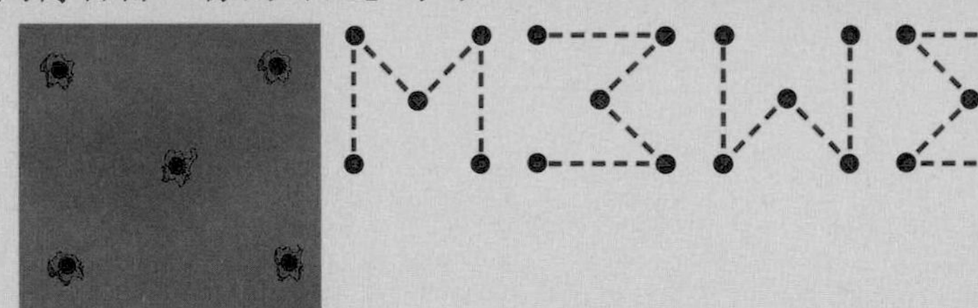

人間蒸發

次日，兩人花了半天時間，乘馬車去到蘇塞克斯郡西部的**赫爾斯通莊園**，見到了莊園的主人，也就是福爾摩斯的老同學**雷金・馬斯格雷夫**。

「福爾摩斯，能見到你真好！」雷金熱情地走過來問候，「別來無恙吧？」

「哈哈哈，我本來快悶死了，幸好你寫信請我來，否則一定會被我這位老搭檔華生醫生抓進**瘋人院**了。」福爾摩斯拍一拍華生的肩膀，爽朗地笑道。

「啊，這位就是華生醫生嗎？**久仰大名**。」雷金用力地與華生握了一下手，「上次在舊同學

的聚會中，福爾摩斯提起過你，

說他找到了一位非常可靠的搭檔，

不但協助他查案，

還常常幫他支付**租金**呢。」

「其實，關於租金，我也是被迫——」

華生還未說完，福爾摩斯就搶道：「哈哈哈，私家偵探的收入非常不穩定嘛。對了，尋人的話，不管生死，只要找到了，收費**50鎊**。就算找不到，也收**30鎊**，已打8折了，沒問題吧？」

「只收這麼一點點嗎？當然沒問題。」雷金聳聳肩說，「當私家偵探真不容易呢。」

「甚麼，我開價太低嗎？」福爾摩斯**後悔**

莫及。

華生看到他那懊悔的表情不禁暗笑。**一言既出，駟馬難追**，他知道福爾摩斯臉皮再厚也不好意思反口加價了。

「閒話少說，快去我的客廳一邊喝茶一邊談，讓我把事件的經過告訴你們吧。」雷金說完，就領着兩人走進了這座歷史悠久的莊園。

那個失蹤的管家名叫**布倫頓**，他在這個赫爾斯通莊園已工作了20多年。雖然身份只是個管家，但懂得說三四種語言，天文地理**無所不通**，是個**學識淵博**的人。不過，這個人卻有一個很大的缺點，容易見異思遷。妻子在世時，他還會檢點一些，不敢太過**明目張膽**。但是，年前其妻病逝後，他就變得放肆起來，常常用情不專。

半年前，他本來與年輕女僕**瑞秋**相好，但很快就**移情別戀**，走去追求獵場領班的女兒**珍納**。結果，害得瑞秋在失戀的打擊下足足病了兩個星期，到了最近才完全恢復過來。

我已多次警告他要檢點一些，但礙於他確是個人材，家中**事無大小**都打理得非常妥當，我也就只好勉強接受了他的缺點。不過，五天前發生了一件事，令我感到非常不安，於是決定把他**解僱**。

「令你非常不安？那是甚麼事？」

福爾摩斯聽到這裏，把送到嘴邊的茶杯放下，打岔問道。

「他在半夜潛進我的**藏書閣**，用百合鑰匙打開抽屜，偷看我家祖傳的文書，卻被我撞破了。」雷金說，「我一怒之下，就叫他馬上離開。要知道，管家最重要是忠誠，當你知道他不忠誠的話，必須**手起刀落**。」

「既然如此，他應該已離開了呀，為何又說他三天前失了蹤呢？」華生問。

「唉……」雷金歎了口氣，「他說自

己很重**面子**，哀求我讓他體面地離職，可否當作他主動辭職，多留一個月才走。我斷然拒絕，但念在20多年的主僕關係，就讓他多留**一個星期**了。」

「那麼，會不會只是**不辭而別**，而不是失蹤呢？」華生問。

「我開頭也這樣想，但在他的房間檢查了一下之後，就知道不可能了。」雷金解釋道，「因為，他的**行李箱**仍在，**衣物**也原封不動地放在衣櫃裏，連常放在口袋裏的**懷錶**也沒拿走。最重要的是，他的**上衣**仍掛在衣架上，如果要走怎會連上衣也不穿就走？所以，怎樣

看也不像不辭而別啊。」

「唔……這麼看來，就算是不辭而別，也是走得非常急呢。」福爾摩斯沉吟，「不過，再急也好，不會只穿着襯衫就走吧？我估計，他十之八九是遇到了甚麼意外，才會突然人間蒸發。」

「對，我也是這樣想，所以在他失蹤後，馬上命人搜遍了莊園內外，又去報警，請警方在方圓20哩範圍內搜索了一遍，但甚麼也沒發現。」

「對了，你剛才說他偷看你家祖傳的文書，那是甚麼文書？」福爾摩斯問。

「你為甚麼這樣問？那只是一張**口訣**而已，沒有甚麼特別啊。」

「是嗎？但從事件的時序上看來，他的失蹤或許與這份**文書**有關。」福爾摩斯說着，找來一張紙，寫下了事件的時序。

偷看文書→被解僱→7天內必須離職→離奇失蹤

「布倫頓在半夜偷看文書，那份文書對他來說一定有某些**重要的意義**。此外，一個重面子的人，犯事時被當場撞破，只會羞愧得**無地自容**和恨不得儘快離開。」福爾摩斯進一步說明，「但他哀求多留一個月，估計是仍有事情要辦，必須留下來處理。由於你只給他7天時間，他只好馬上採取行動。而他突然**人間蒸發**，證明他的這個行動出了**意外**。」

「啊……」聞言，雷金瞪大了眼說，「聽你這麼說，我才想起，那張祖傳的**口訣**，據說是與一個**寶藏**有關！」

「甚麼？寶藏？」福爾摩斯與華生都感到意外。

「對，那是關於一個**寶藏的口訣**。但據家父說，口訣是祖先留下來的，前幾代人都根據口訣進行過詳細調查，並沒有甚麼發現。所以，家父認為那只是祖先給後人開的**玩笑**，並沒有認真看待。」

「那張口訣在哪裏，可以讓我看看嗎？」福爾摩斯問。

「在**藏書閣**，我帶你們去看看。」說着，雷金站起來，領着福爾摩斯和華生走出了客廳。

這時，一個女僕低着頭與他們**擦身而過**。

待她走遠了，雷金才輕聲說：「剛才那個就是被布倫頓拋棄了的女僕**瑞秋**，我查問過了，她也不知道布倫頓去了哪裏。」

福爾摩斯轉過身去，往瑞秋的背影瞥了一眼。

神秘的口訣

去到藏書閣後，雷金在抽屜中取出那張口訣，交給了福爾摩斯和華生細看。

'Whose was it?'
'His who is gone.'
'Who shall have it?'
'He who will come.'
'What flower does he like?'
'Rose.'
'Where was the sun?'
'Over the oak.'
'Where was the shadow?'
'Under the elm.'
'How was it stepped?'
'North by 8 and by 8, east by 3 and by 3,
south by 9 and by 9, west by 11 and by 14, and so under.'
'What shall we give for it?'
'All that is ours.'
'Why should we give it?'
'For the sake of the trust.'

①「該物屬何人？」
②「那位走了的人。」
③「誰該擁有它？」
④「那位將來者。」
⑤「他喜歡甚麼花？」
⑥「玫瑰。」
⑦「太陽在何方？」
⑧「橡樹之巔。」
⑨「影子何所在？」
⑩「榆樹之下。」
⑪「步履何所向？」
⑫「向北8又8，向東3又3，
向南9又9，向西11又14，然後再向下。」
⑬「吾輩要為此獻出何物？」
⑭「獻出吾輩所有。」
⑮「為何要如許付出？」
⑯「乃因有信必守。」

「唔……有趣，非常有趣。」福爾摩斯嘴角泛起微笑。

「是嗎？有趣在哪裏？」華生問。

「你沒看出來嗎？雖然開首第1至第4句和最後4句的意思尚可斟酌，但**第5至第12句**明顯暗示一個**特定的位置**。」福爾摩斯說。

「第11和第12句涉及**步履**和**方向**，看來確與特定的位置有關。」華生質疑，「但第5和第6句講的是**玫瑰花**，又怎會與位置有關呢？」

「嘿嘿嘿，獨立地看第5和第6句的話，確是在談論花。」福爾摩斯狡黠地笑道，「但是，把這兩句與第7和第8句連在一起考慮的話，就知道那兩句說的

不是花，而是指月份。」

「果然不脫**大偵探本色**！」雷金讚歎，「我剛才故意不說，就想看看你怎樣推理。沒想到曾祖父花了一生才想通的問題，你一眼就**看穿**了。」

「是嗎？」華生仍**不明所以**，「可以解釋清楚一點嗎？」

「第7句問『太陽在何方』，第8句答『橡樹之巔』，是指**太陽爬升至橡樹樹頂**的

意思。這時，再根據第9和第10句的提示，測量**榆樹下面的影子**，就能找到特定的位置了。」雷金解釋，「不過，太陽在不同月份，爬升的方向會有所**偏差**，如不清楚說明月份的話，就難以測量口訣所說的特定位置了。所以，口訣就用花來暗示月份。」

「啊！我明白了！」華生猛然醒悟，「玫瑰一定是指**六月**！因為六月是**玫瑰盛放的季節**。」

「對，今天是**六月五日**，看來失蹤管家布倫頓要多待幾天，也是為了等到六月才能行動

呢。」福爾摩斯說，「我們現在就去看看那兩株樹，看看能否找出口訣所說的特定位置吧。」

「且慢，現在已是黃昏，山脊會阻擋落日，不會與橡樹的樹頂重疊。祖先寫口訣時已考慮了這點，要測量的話就必須在早上進行。」雷金說，「但正如我剛才所說那樣，曾祖父和祖父都根據口訣找到了那個所謂『藏寶位置』，卻甚麼也沒發現啊。」

「但反正已來了，就讓我看看吧，或許有新發現呢。」

「實在沒辦法。」雷金搖搖頭道，「雖然口訣中所說的橡樹仍在，但那株榆樹在十年前的風災中被吹倒了，我們當時已把它砍掉，只剩下一個樹墩。」

「真的？但你記得那樹有多高嗎？」福爾摩

斯問。

「不記得了。」雷金再次搖搖頭，「但我記得**10歲**時，家庭教師利用那株榆樹，教過我用**等腰直角三角形**測量樹高的方法。」

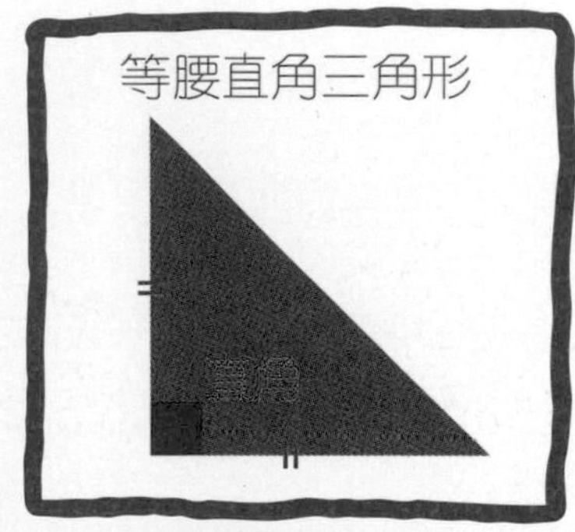

「你是指面向樹幹，把一個等腰直角三角形垂直放在眼前，然後一直後退，退到**樹頂**與**三角形斜線的頂端**重疊的測量法嗎？」福爾摩斯問。

「對，就是這個方法。」

「那麼，你記得10歲時的身高嗎？」

「身高嗎？」雷金想了一想，「忘記了，但那根**量高柱**的刻度應該仍在。」

「量高柱？」

「對，我們把它喚作量高柱。家父每逢我

生日當天，都會叫我站在一根**木柱**旁，然後用刀在柱上刻上我的**身高**，再刻上**歲數**以作記念，直至我12歲升上中學為止。」

「太好了！快帶我們去看看。」福爾摩斯興奮地說。

「不用帶，就在這裏。」雷金說着，走到一根支撐着屋頂的木柱旁，指着一個**刻度**說，「這就是我10歲時的高度。」

福爾摩斯和華生走過去一看，柱上果然刻着**12個刻度**。他向雷金借來一把尺子量了量，說：「**是4呎5吋。**」

「原來我10歲時高4呎5吋。」雷金笑道。

「對了，你記得當日與榆樹的**距離**嗎？」福爾摩斯問。

「不記得了，但我記得當時站立的位置，因為那兒剛好是**石板徑**的**拐彎處**，我記得很清楚。」

「那麼，那條石板徑還在嗎？」

「在呀。」

「很好！數據完備了，只要明天一早起床，去量一下**榆樹的樹墩**與**石板徑拐彎處**的**距離**，再結合你10歲時的身高，就能算出那株榆樹的高度了。」福爾摩斯說，「但更重要的是，我們要等到太陽爬升至**橡樹的頂端**時，才去量一下**榆樹的影子**，機會只有一次，否則又要等下一天了。」

拐彎處

等腰直角三角形

一宿無話，次日早晨，福爾摩斯叫雷金準備了三根木釘，一根長6呎的竹竿，一根足有20呎長的繩子，在繩子上每呎打一個結，方便量度距離。

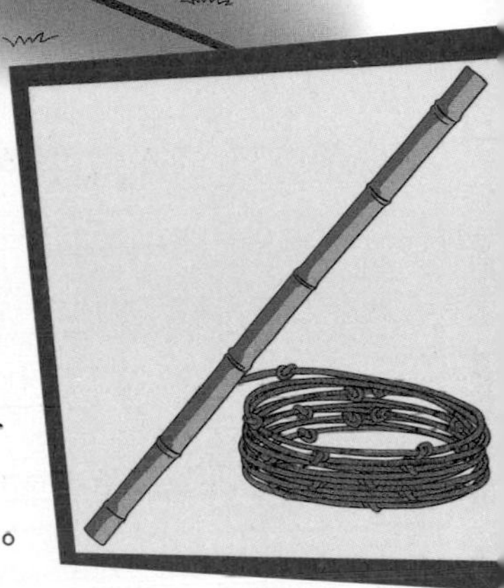

首先，他們量度了以下的距離和高度。

① 榆樹樹墩與雷金10歲時站立位置（石板徑拐彎處）的距離：59呎10吋

② 4呎5吋（雷金10歲時身高）－3吋（眼睛至頭頂的高度）＝4呎2吋（腳底至眼睛的高度）

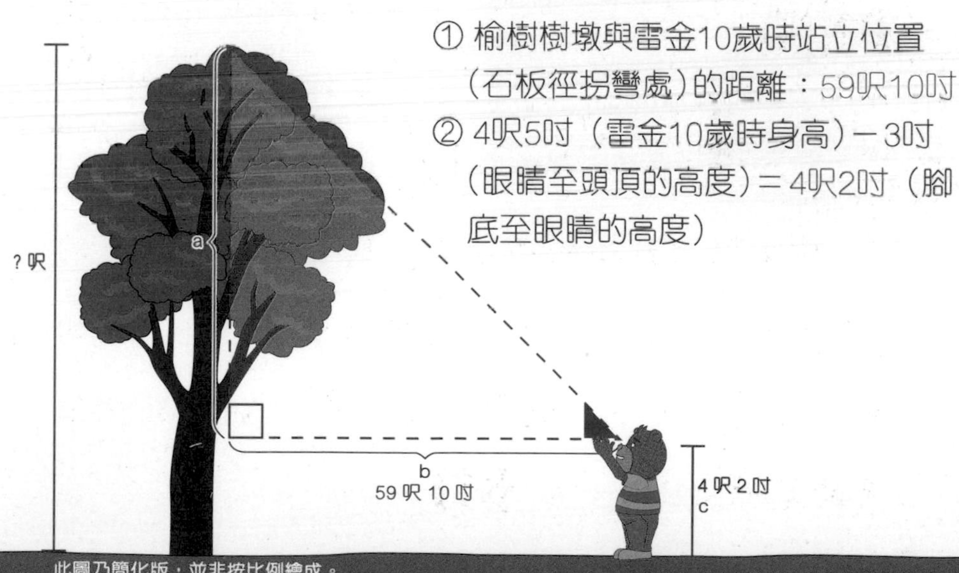

此圖乃簡化版，並非按比例繪成。

「由於雷金10歲時是以**等腰直角三角形**來測量樹高，形成直角的兩邊**a**和**b**長度一樣。所以，只要把**b**加上**c**，就能得出樹高了。」福爾摩斯說出計算的方法。

b（59呎10吋）＋c（4呎2吋）＝64呎（樹高）

「看！太陽已快爬升到橡樹的樹頂了！」華生叫道。

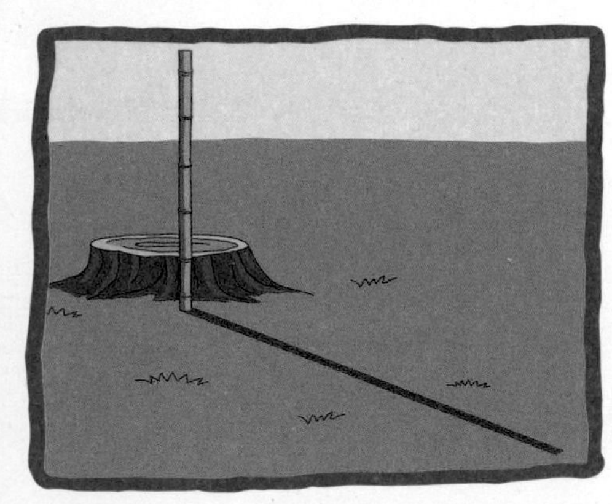

「好！雷金，你把竹竿豎在樹墩前面，我來測量竹竿**影子的長度**！」福爾摩斯說。

當太陽與橡樹的樹頂重疊時，竹竿那長長的**影子**已映照在地上。福爾摩斯連忙用打了結的繩子量度了一下，測出了是**9呎**，並在那個位置的草地上插下一根**木釘**。

「竹竿的影子長9呎，只須用一條簡單的**代數算式**，就能算出榆樹被砍之前的**影子的長度**了。」福爾摩斯說着，在紙上寫下了算式。

$$\frac{6\text{（竹竿長）}}{9\text{（竹竿影長）}} = \frac{64\text{（榆樹高度）}}{X\text{（榆樹影長）}}$$

$6X = 9 \times 64$ → $X = \frac{9 \times 64}{6}$ → $X = \frac{576}{6}$ → $X = 96$呎（榆樹影長）

計算出樹影的長度後，福爾摩斯三人連忙用繩尺量出96呎外的樹影末端，並插下一根**木釘**。令他們感到意外的是，在那個位置旁邊，已有人放下了一顆拳頭大小的**圓石**。

福爾摩斯拿開圓石，檢視了一下草地說：「草仍是翠綠的，證明圓石放上去最多只有幾天時間，**十之八九**是布倫頓放的，他也測量出這個位置呢。」

「可是，榆樹已被砍，他又怎樣算出它的高度呢？」華生感到奇怪。

「呀！對不起，我現在才記起來。」雷金拍一拍自己的後腦說，「由於莊園內有很多樹木，每半年就會請人來修剪一次，並把樹高和樹幹的直徑記錄下來。布倫頓是管家，他一定是找到了**10年前的記錄**。」

「沒關係，我們也找到要找的位置，再按**口訣的指示**行走就行了。」

福爾摩斯說完，馬上領着雷金和華生，向北

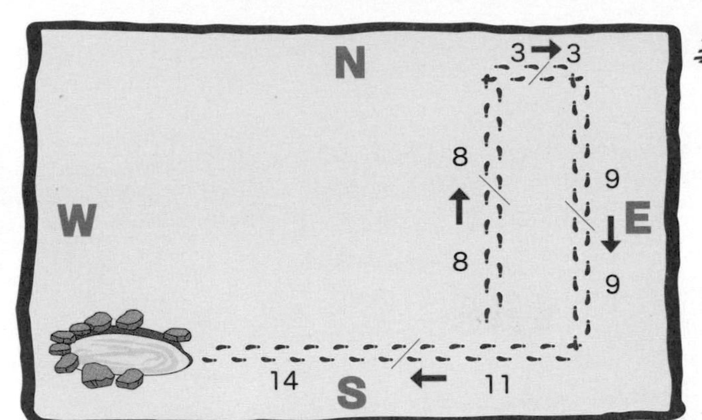

走了8步又8步，向東走了3步又3步，向南走了9步又9步，向西走了11步加14步。

「到終點了。」福爾摩斯說。這時，他們已站在莊園內的一個小魚池旁邊。

「這個位置嗎……？」雷金沉思片刻，猛然醒悟似的道，「我記得家父說過，這個水池是曾祖父為了尋寶而挖的！可是，挖了足足一個月也挖不出甚麼，就索性把它築成一個小魚池了。」

「這麼說來，我們看來白費了一番氣

力呢。」華生說。

「太可惜了。」福爾摩斯有點失望地向雷金說，「還以為可以找到寶藏，原來真的是你家祖先開的玩笑。」

「唉，這麼一來，就更難找到布倫頓的下落了。」雷金歎道。

然而，就在這時，一個男僕匆匆忙忙地走過來說：「**不得了！不得了！瑞秋失蹤了！**有人看到她今早6點左右向湖邊走去，我們去找了一下，看到湖邊留下了她的鞋印，不知道……不知道她……」

「不知道甚麼？快說呀。」雷金催促。

「不知道……她……她是否投湖自盡。」男僕吞吞吐吐地說。

「甚麼？」福爾摩斯和華生大吃驚。

「她為甚麼要投湖自盡？」雷金驚問。

「我……我也不太清楚啊。」男僕說，「只是聽其他女僕說，瑞秋在管家失蹤後就顯得神不守舍，除了常常喃喃自語之外，臉色也變得非常差。所以，大家就以為她……」

「先別說了，你快去報警吧。然後，馬上召集船家打撈，看看能否撈到她的屍體。」雷金命令。

數字的魔術

福爾摩斯和華生陪同雷金，在湖邊守候了大半天，除了撈到一個沉甸甸的**麻布袋**之外，甚麼也沒撈到。三人只好提着麻布袋，回到莊園去。

「這個布袋很新，並未**霉爛**，不像浸在水裏很久。」福爾摩斯檢視了一下布袋說。

「會不會是瑞秋的呢？」華生問。

「打開來看看就知道了。」雷金說。

「那麼，讓我打開來看看吧。」福爾摩斯說着，**小心翼翼**地解開了袋口的繩結。

「啊……」三人看到布袋裏的東西時，都嚇得**目瞪口呆**！因為，裏面竟然是一個閃閃發亮的**皇冠**！

「怎……會這樣的……？」雷金聲音顫抖地問。

「**寶藏……這就是寶藏！**」福爾摩斯眼底閃過一下寒光，「看來……那張口訣並不是開玩笑，它真的記錄着**寶藏的位置**！」

「為甚麼這樣說？」華生問。

「這個皇冠就是證明呀！」福爾摩斯說，「麻布袋是**新**的，顯示被丟進湖中不久。就是說，這個皇冠是最近才被丟棄的。**無獨有偶**，管家布倫頓早幾天曾偷看**古文書**，和找出了榆樹**樹影的位置**，這證明他曾經尋寶。不過，他比我們厲害，不但破解了口訣中隱藏的信息，還找到了寶藏——**這個皇冠**！」

「有道理……」雷金頷首道，「可是，這個皇冠怎樣看也**價值連城**，布倫頓怎會把它丟棄呢？」

「不，布倫頓沒有把它丟棄，丟棄的**另有其人**。」

「另有其人？是誰？」華生詫異地問。

「如果湖畔的**鞋印**是瑞秋的，那麼，丟棄皇冠的人**十之八九**就是她。」福爾摩斯推測。

「理由何在？」雷金問。

「因為，布倫頓**處心積慮**尋寶，找到皇冠後絕不會把它丟棄。但是，如瑞秋執意尋死，皇冠對她來說已**一文不值**，當她投湖自殺時，拿皇冠來陪葬並不奇怪。」

「但我們並沒有找到她的屍體啊。」華生質疑。

「是的，這也叫我摸不着頭腦。」福爾摩斯皺起眉頭說，「不過，如果她今早才投湖自殺，

屍體仍未發脹，應該仍沉在**湖底**，過兩三天總會**浮**上來的，到時就知道她有沒有自殺了。」

「可是，我家祖先為何會**收藏**着一個這麼名貴的皇冠呢？」雷金問。

「嘿嘿嘿，還不明白嗎？」福爾摩斯狡黠地一笑，「我一看到這個皇冠，就知道它的**底細**了。」

「真的？你怎知道的？」華生問。

「口訣中的**第一至第四句**不是已告訴了我們嗎？」福爾摩斯一語道破，「這其實是——**查理一世的皇冠**！」

「甚麼？」華生和雷金都驚訝得**張口結舌**。

「華生，我不是告訴過你嗎？雷金的祖先曾

是皇帝查理一世的**重臣**，我們都知道，查理一世在內戰中因叛國罪而被**處決**。後來，他的兒子查理二世**復辟**奪回皇位。這段歷史，正好與口訣的第一至第四句的意思一樣呀。」

「啊！經你這麼一說，也確實如此。」雷金也想通了。

但華生仍**不明所以**，福爾摩斯只好把口訣逐句解釋。

①「**該物屬何人？**」➡「**皇冠屬何人？**」
②「**那位走了的人。**」➡「**那位逝去的人。**」
③「**誰該擁有它？**」➡「**誰該擁有它？**」
④「**那位將來者。**」➡「**那位繼位的人。**」

「原來如此！」華生終於恍然大悟，「逝去的人是**查理一世**，而繼位者就是**查理二世**！」

「沒錯。」福爾摩斯說，「明白這兩句後，口訣中最後四句的意思也就**不言而喻**了。」

⑬「**吾輩要為此獻出何物？**」➡「**我們要為皇帝獻出甚麼？**」

⑭「**獻出吾輩所有。**」➡「**獻出我們所有東西。**」

⑮「**為何要如許付出？**」➡「**為何要這樣付出？**」

⑯「**乃因有信必守。**」➡「**因為我們必須信守承諾。**」

「由於雷金的祖先是**臣子**，臣子必須獻出所有東西給皇帝，而那個『**承諾**』就是要把皇冠還給查理二世，扶持他**復辟繼位**。」福爾摩斯進一步說明，「不過，我估計雷金的祖先可能死於突然，只留下了**口訣**，卻沒有留下**答案**，結果沒有一個後人能找到這個皇冠。」

「最可惡的是，竟然給那個不誠實的布倫頓

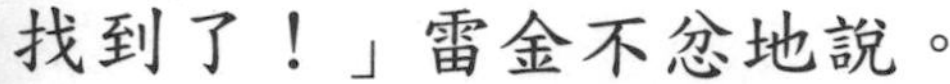

找到了！」雷金不忿地說。

「你不服吧？其實，我也不服。」福爾摩斯說，「秘密一定在口訣裏，我們再來**逐句分析**一下，看看能否找出答案吧。」

雷金把口訣攤在桌上，三人盯着口訣，逐字逐句地**推敲**。

「唔……在正式的文書上，數字一般都會用英文來寫，如『**eight**』和『**three**』之類，用阿拉伯數目字有點奇怪呢。」福爾摩斯沉吟。

「對，確實不符合文書的正統寫法。」雷金也同意。

「此外，前面三組數字都是成**對**的，如

『8』對『8』，『3』對『3』，『9』對『9』，這樣唸起來才**押韻**。可是，為何最後一組數字是『11』和『14』，不成對也不押韻呢？」福爾摩斯自言自語地問。

「箇中一定有甚麼秘密。」華生說。

「唔……寫這口訣的人，應該是為了某種緣故，才把數目寫成**阿拉伯數字**。」福爾摩斯分析道，「而且，選用這種寫法，必定與最後一組數字『11』和『14』有關。」

「咦？這個『4』字有點古怪呢。」雷金指着「14」的「4」說，「你看，它打豎的那一劃尾部好像長了點。」

福爾摩斯連忙用放大鏡細看了一會，然後點點頭道：「對，確實長了點。但這是偶然，還是故意的呢？唔……一定是**故意**的，但為甚麼要這樣寫呢？」

說着，福爾摩斯又用放大鏡逐一檢視口訣上的**數字**，當他把放大鏡放到「3」字上時，突然驚叫了一聲：「呀！我太大意了！」

「甚麼意思？」華生和雷金問道。

「看！『3』的第一劃本該是有**弧度**的，但這兩個『3』字的第一劃都是**一條橫線**。」

「這又怎樣？」華生問。

「這其實出自一個**小魔術**，只要把紙折兩折，就能將兩個『3』字與下面的『11』和『14』合併起來，組成兩個『17』了。這麼一來，數字不但**押韻**，也跟之前三組數字一樣成對呢！」說着，福爾摩斯找來一張紙，在紙上寫上數字並折了兩折，果然，「11」和「14」變成了兩個「17」。

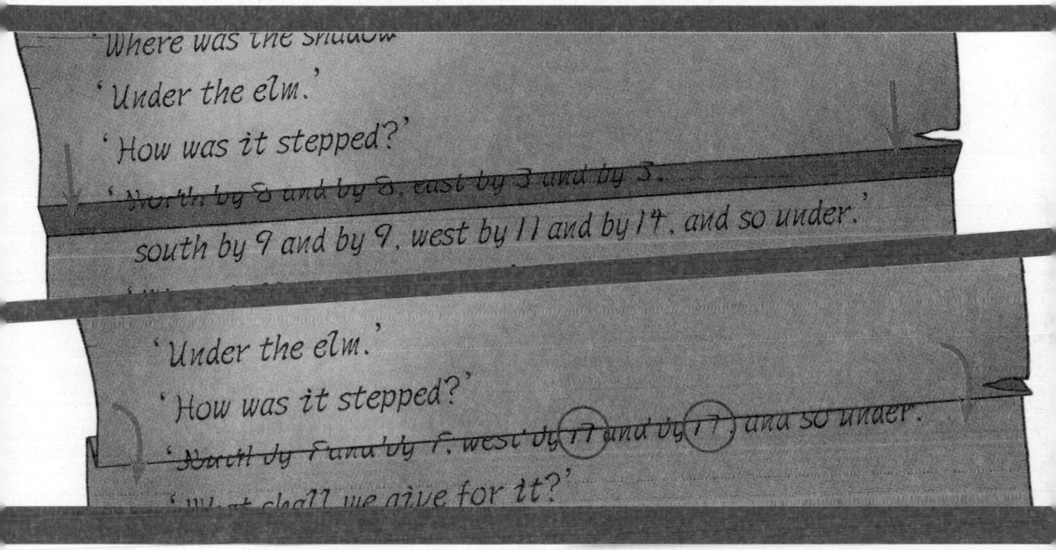

'Under the elm.'

'How was it stepped?'

south by 9 and by 9, west by 11 and by 14, and so under.'

'Under the elm.'

'How was it stepped?'

and so under.'

'What shall we give for it?'

「太厲害了！」華生和雷金都同聲讚歎。

「怪不得剛才找不到**藏寶的地點**，原來我們最後的**步數**錯了。」福爾摩斯興奮地說，「好！馬上去以新步數再走一次，看看能否找出**正確的位置**吧。」

口出惡言的代價

果然不出大偵探所料，他們向西走了**17步**再加**17步**後，來到大屋旁的一間堆了很多木柴的**柴房**。當搬開了地上的木柴後，他們發現一個好像剛被人打鑿過的**石蓋子**，蓋子中間的**鐵環**上還繫着一條**圍巾**。雷金一眼就認出了，

那是失蹤管家布倫頓的東西。

三人合力拉開了沉重的石蓋子，他們看到，布倫頓奄奄一息地倒在一個打開了的鐵箱旁邊。箱裏，還有一些閃閃發亮的金幣和一根木柴。三人連忙把布倫頓救出地洞，在華生進行急救後，再命人把仍然因缺氧而昏迷不醒的布倫頓送到醫院去搶救。

「看來，這個地洞長年被泥封了，所以幾百年來也沒有人發現它。」雷金檢視完地洞後說，「但聰明的布倫頓卻算出地洞所在，並鑿開了石蓋子，走下去取出皇冠。」

「但那石蓋子非常重，我們要合力才能把它打開，所以他也需要人幫忙。」福爾摩斯推論，「那個人，不用說，應該就是投湖自殺的女僕瑞秋了。另外，你們看到鐵箱中的那根木柴嗎？它的木色與這柴房裏的木柴相同，應是用來支撐蓋子的。但不知道出了甚麼意外，木柴掉到地洞中，蓋子掉下，布倫頓就被困在洞中了。」

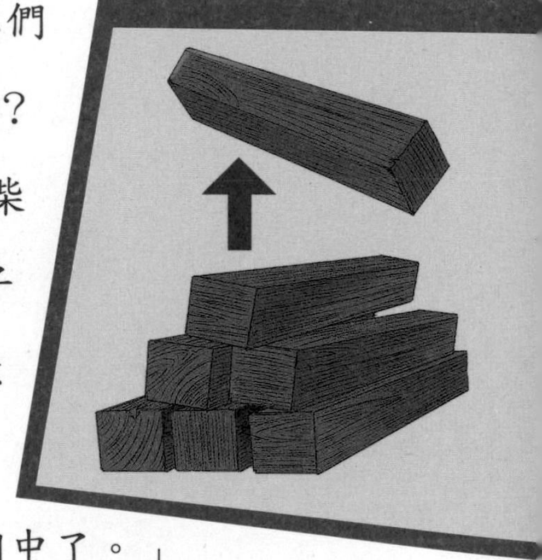

「這麼說的話，瑞秋就是不顧而去了？」華生問。

「看來是了。」福爾摩斯說，「而且，她是

把皇冠拿到手後，才不顧而去的。不過，最令人難以明白的是，她為何**執意尋死**呢？」

這個謎，很快就解開了。警方在附近小鎮的街上找到了**心神恍惚**的瑞秋，在福爾摩斯的盤問下，她道出了案發的經過。

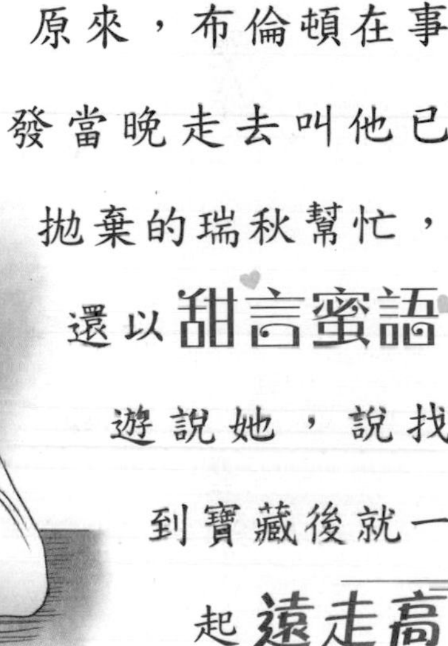

原來，布倫頓在事發當晚走去叫他已拋棄的瑞秋幫忙，還以**甜言蜜語**遊說她，說找到寶藏後就一起**遠走高飛**。瑞秋以為布倫頓真的**回心轉意**，就在深夜去到柴房，協助他揭開石蓋子。

「可是，他找到寶藏後，就罵我……」瑞秋

低着頭說，「我當時又**傷心**又**憤怒**……待他把一個沉甸甸的布袋交給我後，我準備丟下他轉身就走。他於是急起來，想跳起抓住洞邊攀上來。可是……他卻抓住了撐着蓋子的**木柴**，然後，蓋子就『**嘭**』的一聲關上了。我本來是想找人來救他的……」

「那麼，你後來又為甚麼丟下他不理？」福爾摩斯問。

「因為，我剛轉身，就聽到他叫罵，說甚麼：『**可惡！你這個可惡的女人！快叫人來救我呀！**』這一罵……就罵醒了我，我知道，他叫我幫忙，是因為知道我力氣大，而他的新情人卻弱不禁風，根

本沒氣力打開石蓋子。他只是利用我！當他拿到寶藏後，一定會把我棄如敝屣。所以，我一怒之下，就把木柴鋪滿石蓋子，把洞口遮蓋起來，然後拿着布袋離開了。」

「你既然得到了價值連城的皇冠，為何又要把它丟到湖中呢？」雷金問。

「其實，我拿到布袋時，並不知道是甚麼東西。」瑞秋答道，「但拿回房間剪開布袋一看，才知道原來是個皇冠。那……那東西太貴重了……我非常害怕，馬上把原來的布袋丟了，再找一個布袋把它袋好藏起來。可是，昨天在客廳的走廊外聽到了你和福爾摩斯先生的對話後，我知道一定會事敗。而且……我見死不救，也等於殺了人……我不想被送上斷頭台……於是，我決定帶着皇冠去投湖自殺……」

「看來，你是受不了**遇溺**的滋味，結果又爬回岸上吧？對嗎？」福爾摩斯問。

「是的……」

「布倫頓雖然不是一個好人，但幸好他沒有死去。所以，你也不必**尋死**啊。」雷金安慰道，「我會為你向法官求情的，請放心吧。」

破解了所有謎團後，福爾摩斯和華生踏上了歸途。

「哇哈哈，雷金那傢伙，竟然付給我**100鎊**作酬金，這次真是不枉此行呢！」福爾摩斯得意揚揚地說，「我們還找回失落多年的皇冠，也算為皇室立下了大功呢！」

「是的，這次難得沒有人死亡，真是可喜可賀。」華生說，「不過，這個案子也教懂了我一個道理。」

「甚麼道理？」

「不可口出惡言亂罵人啊。」華生說，「要是布倫頓不是最後罵了句『可惡的女人』，他就不會被瑞秋丟下不理了。」

「是的，言詞對人的傷害有時比肉體更甚，我們也要好好警惕呢。」福爾摩斯說到這裏，狡黠地一笑，「你當心啊，不要常常罵我

欠租啊，否則可能有**報應**啊。」

「你說甚麼？你這個不要臉的大偵探，太過分了！」華生想怒罵，但卻罵不出口，他剛剛才說完「**不可口出惡言亂罵人**」嘛。

本故事的原著中有一個重大錯誤，錯得足以令福爾摩斯的計算難以成立。為了讓大家動動腦筋，我刻意把這個錯誤保留下來。大家知道錯在哪裏嗎？

福爾摩斯數學小魔術

幾何變身！

提示 用不同的方法皆可做到。比較簡單的方法是，你只須切出4個面積相等的三角形，或一個正方形和兩個面積相等的三角形，就可砌出上圖的三角形。但也有比較複雜的方法，你懂得嗎？

（答案在封底裏）

私刑①

快
招供！
我無話
可說。

豈有此理！
想我逼供嗎？
私刑逼供
是犯法的！
你不知道嗎？

那麼執行
公刑吧。
公刑？

即是
公開行刑呀！
救命
呀！

私刑②

快
招供！
我有權
保持緘默。

豈有此理！
想我逼供嗎？
私刑逼供
是犯法的！
我要投訴！

那麼
行**死刑**吧。
為甚麼？

死了就不會
投訴！
救命
呀！